Maa《マー》

インドのお義《か》母《あ》さん

インドの結婚生活で見つけた
愛と　死と　神さまの　ひとしずく

じゃや *Jaya*

東方出版

目次

インドのお義母《かあ》さん（マー）

インドの結婚生活で見つけた愛と
死と　神さまの　ひとしずく

お義母《かあ》さん

いつもふざけて、あちらに逝《い》くことを話していたね
そして、あっという間に古くなった肉体を捨てて逝《い》ってしまった
もっと優しい言葉をかけてあげればよかったのに
ありがたい気持ちは深いところで固まったままだった
今、涙となって溶けてきた感謝の気持ちを伝えます

I

お義母《かあ》さんの旅立ち

天国行きのチケット

亡くなる二、三ヵ月前から
「もうたくさん
あっちに逝《い》きたい、逝《い》きたい」
って言っていた
一度退院してきた時、冗談で
「あれ、天国行きのチケットはキャンセルになったの？」
って聞いたら
「キャンセルじゃないよ
予約待ちだよ」
って笑っていた

金の腕輪

お義母《かあ》さんが付けていた金の腕輪
ある日、自分で外してこう言ったよね
「お焼き場で金の腕輪を外すのって
なんかがめつく見えていやらしい
それに手も硬直してはずしにくいから
もうはずしておいたよ
あんたが持ってて……
その代わりにイミテーションの腕輪を付けておくから買ってきて」
お義母《かあ》さんはそれからしばらくして入院
そして使えなくなった肉体《からだ》を捨てて逝《い》ってしまった
お義母《かあ》さんの金の腕輪は今
嫁が形見に付けています

神さまの国

家の中にばかりにいるので、時々
「どこかお泊まりして、楽しんで来たら?」
って嫁が勧めると
「どこに行ったらいいの?
妹たちもみんな年取ったし
どこも行くとこがないでしょ!
もうどこにも行かない
行くのはもう上(他界)だけよ」
そう言って、どこにも行かなかったお義母《かあ》さん
今は神さまの国で
あちこち行っているのかな?
地球でできなかったことを
いろいろ楽しんでくれているといいな

電話

「あちらに逝《い》った人に
一度でいいから電話でどんなところか聞けたらいいのに……」
とお義母《かあ》さん
「お義母《かあ》さん
あっちに逝《い》ったらどんなところか教えてや」
と嫁
「やってみるわ」
とお義母《かあ》さん
こんな会話ができる家族はありがたいな

ナイティー

お家の中でも部屋着《ナイティー》は絶対着ず
いつもサリーばかりを着ていたお義母《かあ》さん
最後の三ヵ月は
サリーが着られないくらい弱っていった
あんなに嫌がっていた部屋着《ナイティー》なのに
あちらに旅立つ時
息子夫婦がはじめて一緒に選んだ新しい部屋着《ナイティー》を着て
逝《い》ってしまった
きれいなサリーを着せてあげることもできなかった
着の身着のまま
お義母《かあ》さんの肉体はお空へ消えていきました

子どもみたいなお義母《かあ》さん

体調が悪くなってからお義母《かあ》さんは
「自分の部屋が暑い」
と言って、息子夫婦のベッドで寝ていた
息子は床に寝て
子どもみたいになったお義母《かあ》さんが
嫁の隣で寝ていた

お義母《かあ》さんの変な顔

息子にがみがみ叱られたとき
後ろでお猿さんのような変な顔をして
抵抗していたお義母《かあ》さん
口では言い負かされていたからね
病院で最後の元気な月曜日
じゃやがお義母《かあ》さんに
「あの変な顔見せて！」
って言うと
そんな顔をして笑わせてくれた
これで回復に向かうと思っていたのに
もう次の月曜日には
使えなくなった肉体《からだ》を捨てて旅立ってしまった

嫁の自慢

お義母《かあ》さんは
近所の人や親類に
嫁の自慢をよくしていたね
入院していた病院でも
じゃやが行くと周りの人たちに
「これが私の日本人の嫁でね〜」
と自慢げに紹介していた
外国人の嫁で
難しいところもいっぱいあったでしょうに……
すべてを受け入れてくれたお義母《かあ》さん
本当にありがとう

祝福

お義母《かあ》さんはあちらに逝《い》ってしまう前に
嫁にいっぱい祝福してくれたね
じゃやをベッドに呼んで
「私が逝《い》ったらね
二人で仲良くするのよ
あの子はすぐ怒ったりするけど、根はいい子だから……
おいしいものを食べさせてあげてね
あんたにいっぱい祝福していくからね」
そう言って何度も祝福してくれたお義母《かあ》さん
なんだか、あちらに逝《い》くリハーサルをしているみたいだった

心の荷物

「あんた達への執着も
もうなくなったわ
もう何も欲しくない」
ってはっきり言ってたお義母《かあ》さん
重い心の荷物を置いて
お義母《かあ》さんは軽くなって
自由になって
遠くて近い神さまの国へ旅立った

遺影の前で

「私が死んだら遺影の前に来て
息子の文句を言うんでしょう!
あの子も、何かにつけて私のせいにしてたから
遺影の前で文句を言わずには一日は始まらないわね!」
と言っていたお義母《かあ》さん

ちゃんとお線香を焚いているのを見て
苦笑いしているかもしれないね

足腰の痛み

「足腰の痛みはもう
お焼き場の
あの炎の熱さでしか治らないね」
ってよく言っていた
お焼き場で
すべての痛みや苦しみが焼かれて
開放感を味わっているのかな？
お義母《かあ》さん
自由にお空を飛びまわっているのかな？

マッサージ

足のマッサージをしてあげたら
うとうとしていたお義母《かあ》さん
病院で辛《つら》そうにしていた時でも
「気持ち良くて眠たくなる」
って言ってくれた
ほんの少しでも楽になってもらいたい思いで
じゃやがずっと続けていると
「もういいよ、いつまで続けるの」
と気遣《きづか》ってくれたお義母《かあ》さん
もう少し
「気持ちいい！」
って言ってもらいたかったたな

お義父《とう》さんとの再会

一度目の入院の時
亡くなったお義父《とう》さんが病室の入り口にいて
お義母《かあ》さんに向かって
「どうしてここにいるんだ?」
と二回たずねているのを
お義母《かあ》さんははっきり見たと言った
「こんなこと言ったら
また、あの子の父さんのことでじゃやにからかわれる」
って笑っていた
お義母《かあ》さんはその時回復に向かっていたので
お義父《とう》さんが
「こんな病院なんかにいないで
早くお家に帰りなさい」
とお義母《かあ》さんに言いに来たのだとみんなは思った

そして一度は退院して
お家に帰ってきてくれた
でも、お義父《とう》さんは
お義母《かあ》さんをもっと素晴らしいところへと導きに来ていた
「どうしてまだこの世界にいるんだ?」
と言う意味だったんだと、亡くなってから分かった

イリシュマーチ

インドでは未亡人になると
菜食主義になるのが一般的
でも、お義母《かあ》さんはそんな習慣なんか気にしなかった
「夫は出家していたし
自分は結婚生活らしいことは何もしていなかったから……」
ってお義母《かあ》さんは言っていた
退院した日に、じゃやは魚市場に行って
上等のイリシュマーチを買ってきた
お義母《かあ》さんの大好きだったイリシュマーチで
元気になってもらいたかった
お義母《かあ》さんは
「こんなおいしいイリシュマーチを
これほどたくさん食べたことはない」
ってすごく喜んでくれた

＊イリシュマーチ＝ベンガル人の好きな川魚

大家族の中でお義母《かあ》さんにあたるのは
せいぜい魚の頭か小さな切れ端くらい
それも、みんなが食べ終わってからでないと食べられなかったから
魚がない時だってあった
お義母《かあ》さんに好物のお魚を食べさせてあげたいという
じゃやの願いをかなえるために
もう一度家に帰ってきてくれたんだね

あれ以来
魚市場には行っていない
喜んでくれるお義母《かあ》さんがいないから……

再入院

再入院しなければいけなくなった九月
「救急車を呼んでラジュに連れて行ってもらって……
じゃやは家のことをしてから行くから……」
と言ったけど、お義母《かあ》さんは
「じゃやが連れて行ってくれないと行かない！」
と言い張った
息子よりも嫁がいたほうが安心していたお義母《かあ》さん

＊ラジュ＝お義母《かあ》さんの息子の名前

二〇一五年十月五日

二〇一五年十月五日
朝、病院から電話がかかってきたので
夫婦二人は急いで病院に向かった
そこにはチューブを付けられたお義母《かあ》さんが
静かに横たわっていた
何を考えていたらいいのか分からず
ぼーっと亡骸《なきがら》の前に立っていると
ババ～、バチャガチェ～！
(あ～、助かった～ア！)
という声が亡骸《なきがら》から響いてきた！
それを聞いたとたん
じゃやは笑ってしまった

このお話にはおまけがある
主人は、じゃやが聴いた声のことを

あまり信じていないようだった
大切な十二日目の供養が終わった次の日
お義母《かあ》さんが主人の夢枕に出てきた
主人はすかさず
「マー（母《かあ》さん）
じゃやに、『あ～、助かった！』って言ったんだって？」
と聞いた
「そうよ、言ったわよ！」
とお義母《かあ》さん
重くて窮屈だった肉体から解放されたお義母《かあ》さん
肉体は滅んでも魂は永遠だということを
身を持って教えてくれたお義母《かあ》さん
軽くなって
自由になって
本当によかったね
でも、私たち夫婦は
もう一度会って話してみたいと思う
きっと、この気持ちは伝わっていると思うんだけれど……

詠唱《チャンティング》

サンスクリット語の詠唱《チャンティング》を公共の場ですることになった時
「あ～、私も元気だったら観《み》に行ったのに……」
って残念がったお義母《かあ》さん
だから、その前にお義母《かあ》さんのためだけに詠唱《チャンティング》してあげたら
「うまかったよ」
って言ってくれた
お焼き場で、誰もギーター（聖典）を詠《よ》みあげないので
じゃやが一人でヴェーダマントラの詠唱《チャンティング》をすることになった
本当に詠唱《チャンティング》を習っていてよかったと思える瞬間だった
肉体がこの世界から去って行く時
神さまのことを聴きながら旅立ってもらう習慣のインド
きっと、お義母《かあ》さんはじゃやの詠唱《チャンティング》を
もう一度聴《き》きたかったんだと思う
そしてお焼き場に来ていた親戚に
嫁の自慢をしたかったんだと思う

ॐ सह नाववतु । सह नौ भुनक्तु ।
सह वीर्यं करवावहै ।
तेजस्विनावधीतमस्तु मा विद्विषावहै ॥
ॐ शान्तिः शान्तिः शान्तिः
हरि ॐ तत्सत् ॥

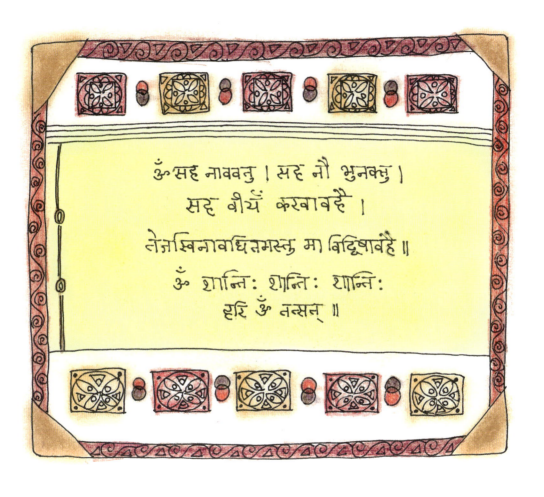

旅立ち

お焼き場で
お義母《かあ》さんの亡骸《なきがら》は
どんどんお空へと帰って行った
炎は、高く、高く、燃え続け
だんだん形が消えてゆく様子を
私たち夫婦は
ガンガー（ガンジス河）のほとりで見つめていた
いつかは同じように
お空に帰っていくこの肉体
しっかり、しっかり
目に焼き付けておこう
通りすがりの人たちも
歯ブラシをくわえ
タオルを肩にかけ
炎の中に消えていく見知らぬ人の遺体を眺めていた

これがすべての肉体のたどり着く最終駅
肉体の終わりが魂の終わりではないという真実
インドの人たちはそれを避けようとせず
その事実をしっかり受け止める
そこがいい！
インドに住んでいて
じゃやが安心するところ
死は敵ではないところ

平安への道

お焼き場に行くのに、亡骸《なきがら》はガラス張りの霊柩車で運ばれる
それはお花で飾られて、お線香を焚いて
亡くなった人が長く住んだ街を見納めできるように……
それから、コイ（ふくらしたお米）を道にまきながら
車は平安への旅を続ける
それは、そのコイを鳥などが食べて
少しでも亡くなった人が徳を積んであちらに逝《い》けるように……
インドでは、最後におへそだけが残ると言われている
骨も何も残らない
すべて灰になるのにおへそは残る？
これは今でもわからない
本当におへそなのかな？
最後にお義母《かあ》さんのおへそをお焼き場の人が灰の中から取り出して
主人がそれをガンガー（ガンジス河）に流す
それから決して後ろを振り返らずにいっきにお焼き場を出る

神さまの気《き》遣《づか》い

お義母《かあ》さんの亡骸《なきがら》がどんどんお空にとけていくのに
三時間以上かかった
その間
炎を見たり
お義母《かあ》さんの病気のことを思い出したり
話したり
夜はだんだん更《ふ》けていく

すべてが終わったときには、夜の十一時半を過ぎていた
お焼き場は北コルカタにある
お家は南コルカタ
昼間だと車で二時間はかかる距離
そこから帰る交通手段がなくて
どうやって帰ればいいのか分からなかった
そんなことを考える余裕がなかったから……

仕方がないから、従兄弟《いとこ》たち七人
お焼き場から歩き出した
すると、全員が乗れる大きな車がそんな時間
そこに止まっている！
それにその車は、南コルカタがガレージだという
みんな、神さまがちゃんと手配してくださった車に
ただ、ただ、驚き感謝した
お義母《かあ》さんが
自分のためにみんなが大変な思いをして
家に帰れないことを心配してくれたんだと思う
本当に
神さまの優しい気遣《きづか》いが感じられた出来事

Ⅱ　昔の話

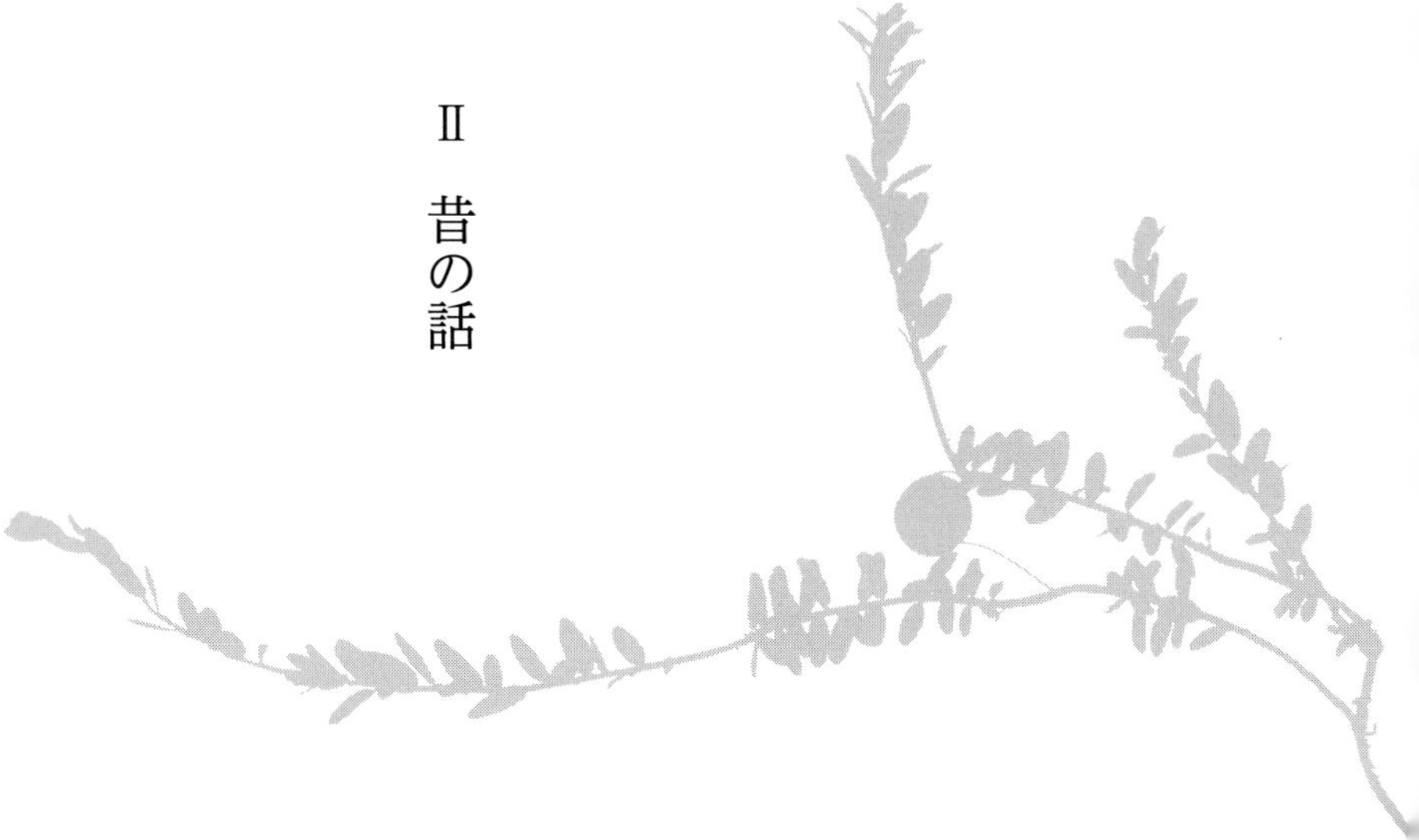

コパール

若い時から美しかったお義母《かあ》さんは
父親《おとうさん》と列車に乗っている時
ある裕福な家の方に見初《みそ》められて
その人の息子の嫁になってほしいと頼まれた
家族も一度は承諾したけど
お義父《とう》さんとの結婚があとで決まった
お義母《かあ》さんはよく言っていた
「あんないい家の人たちを泣かせてしまったから
私の人生も、結局はみじめなものになったのよ
あの家に嫁いでいたら、どんなに贅沢に暮らしていたかしらね～
夫は結婚したがったくせに、すぐに出家して
子供まで置いていって
本当に私の人生を台無しにしたわ
でも、すべて自分のコパールだから……」

＊コパール＝額《ひたい》を意味するベンガル語で、ベンガル地方では額にすでに運命が書かれていると言われている

歌と踊り

お義母《かあ》さんは歌と踊りがとても上手で
若い頃はよく賞を取っていた
「神さまは私にいろんなものを与えてくれたけれど
結婚してすべてを取り上げられてしまった
結局
何も役に立てることはできなかった」
と残念そうに話していた

両親

お義母《かあ》さんの父親《おとうさん》はお医者さんで
貧しい人たちからとても慕われていたこと
母親《おかあさん》はとても働き者で
料理に、刺繍に、とても器用な人だったことなど
両親のことを思い出しては
よく私たちに話してくれた
母親《おかあさん》が結婚したときには
お手伝いさんと金一キロ
その他、いろいろな結納の品を持参して
嫁いできたらしかった

ウッタム、スチットラ

生まれ故郷で
お義父《とう》さんとお義母《かあ》さんは
〝ウッタム〟〝スチットラ〟
と呼ばれるくらいの
美男美女の夫婦だった
でも、お義父《とう》さんは出家して
修行の道を選んでしまった
残されたお義母《かあ》さんと息子は
叔父《おじ》さんたちと大家族の中で
肩身の狭い思いをしながら生活していた
「自分が結婚していたなんて、これっぽっちも思えない」
とお義母《かあ》さん
どんなにつらい生活だったのか
自由にさせてもらっている嫁には想像もつかない

＊ウッタム、スチットラ＝ベンガル州では有名な美男美女の映画俳優。二人ペアで出演することが多かった

十七歳での結婚

十七歳で結婚して
それから大学で勉強したお義母《かあ》さん
お義父《とう》さんとの結婚生活で
楽しかった話は聞いたことがなかった
「新婚旅行も、夫は一人でプリーに行ったのよ！」
って怒っていた
でも、大学は楽しかったこと
お義母《かあ》さんの義理のお母さんも理解があったことなどは
よく話してくれた

＊プリー＝インドの四大聖地のひとつ

仲良くしてるかな？

お義父《とう》さんの話をすると
本気で怒っていたお義母《かあ》さん
お義父《とう》さんのことを褒《ほ》めると
「あんたには、私が通って来た苦しみなんか分からへん」
って機嫌を悪くしていた
だけど、お義父《とう》さんがあちらに逝《い》ってから
二年もたたずに後を追いかけていってしまった
神さまのもとで、二人は仲良くしてるかな？
それとも、お義父《とう》さんを見つけても
知らんぷりしてるかな？

義理のお父さんの旅立ち

お義母《かあ》さんが嫁いで来てからすぐに
とても真摯《しんし》なクリシュナ神の信仰者であり
またサンスクリット語の学者《パンディット》でもある義理のお父さんが亡くなった
義理のお父さんは何ヵ月も前から、自分の死を予感していたらしい
クリシュナ・ジャンマスタミー（クリシュナ神の聖誕祭の日）に
義理のお父さんはベッドに横たわり
涙を流しながら
左手にベルを持ち
右手に灯明を持って
プージャ（インド式の礼拝）をするようなしぐさをして
息を引き取られた
「そこには確実にクリシュナ神がいらっしゃって
義理のお父さんにはそのお姿がちゃんと見えていたから
プージャをするしぐさで涙を流していらっしゃったのね」
とお義母《かあ》さんは言っていた

この昔話はじゃやも大好きだった
神さまを感じながら肉体から解放されるなんて！
こんな素晴らしい死を迎えられたら
人間として生まれたかいがあったというもの
じゃやもそんな死に方でありたい

息子の結婚

じゃやと結婚することになった時
叔父《おじ》たちに大反対されて家を出た息子
それまで息子といつも一緒だったお義母《かあ》さんは
息子が家を出て行って毎日泣いていた
結婚を受け入れてくれなかった親戚に
何も言える立場ではなかったお義母《かあ》さんは
叔父《おじ》たちから嫌味を言われながらも
一人ぼっちで耐えなければいけなかった
だから、私たち夫婦は早く
お義母《かあ》さんをあの家から連れ出したかった

そして約二年後に
私たち夫婦が購入したアパートに引っ越した日から
お義母《かあ》さんは息子夫婦と住むようになった
そして、あの家にはもう行きたがらなかった

六畳一間

息子夫婦は結婚当初
六畳一間くらいの小さな部屋を借りて住んでいた
お義母《かあ》さんは毎週一回
その部屋に来てくれた
少しでもおいしいものを食べられるよう
いっぱい料理を用意して……
洗濯機がなかった息子夫婦の洗濯物も
持って帰ってくれた
重い荷物を持って
一時間以上もバスに乗って
お義母《かあ》さんは息子夫婦に会いに来てくれた
叔父《おじ》たちに見つからないよう
ひやひやしながら家に帰って行った

Ⅲ

お義《か》母《あ》さんの面影

日向《ひなた》ぼっこ

冬になると
ベランダで日向《ひなた》ぼっこをしていたお義母《かあ》さん
椅子を持ってきてあげると
「いらないのに……」
って言いながら
座ってうとうとしていたね
今日はぽかぽか
お義母《かあ》さんの背中が温かくなる
日向《ひなた》ぼっこ日和《びより》です

お義母《かあ》さんのぬくもり

布団屋さんに注文して
お義母《かあ》さんは古いサリーでお布団を作ってきてくれた
寒くなってお布団をかけると
お義母《かあ》さんの温かい気持ちに包まれる

ココナッツオイル

冬、ココナッツオイルが固まると
おなかに当てて温めてくれたね
「オイルがとけて使いやすいように……」って
今は大きなふたのココナッツオイルを使っているから
固まって困ることはなくなったよ

二層式の洗濯機

我が家の二層式の洗濯機
お義母《かあ》さんのサリーなんかがまとわりついて
脱水機がちゃんと動かない
「脱水機に洗濯物を入れる前に
服を、一枚、一枚、分けておくと入れやすいよ
こうしたらね
脱水機がガタガタしないよ
私が見つけたやり方よ」
そう自慢げに言ってたね
「本当にやりやすいね」
って言うと
すごく嬉しそうだったお義母《かあ》さん

小さな驚き

エンヤのCDを聴いていたら
「あら、この音楽いいわね」
ってお義母《かあ》さん
なんだか驚いた

お義母《かあ》さんの勲章《くんしょう》

「頭から足まで
こんなにいっぱい手術したのよ」
って自慢げに話していたよね
病気や手術は
お義母《かあ》さんの人生での勲章《くんしょう》だった

体操

毎朝、ちゃんと体操していたね
寝たきりになって
家事ができなくなったら大変だって
息子夫婦よりずーっと規則正しかったお義母《かあ》さん

故郷《ふるさと》の話

お義母《かあ》さんは
両親の話、故郷《ふるさと》の話をするのが好きだった
結婚するまではなんて愉快に楽しく過ごしていたことか！
若くして結婚してからは苦労ばかりで
思い出したくなかったのかもしれないね

プロパンガス

朝、台所をきれいにしてプロパンガスを着《つ》けるとき
今日もちゃんと料理をさせてもらえるように
手を合わせて祈っていたね
ガスボンベが終わりかける頃は
真剣に祈らないと
料理の途中でガス切れになって
近所の家の台所を使わせてもらったことも
何度もあったよね
インドでは
お祈りなしでは生きていけない

お手伝いさん

わが家の朝の会話の話題は
〝お手伝いさん〟
「お手伝いさんが来なかったらどうしよう」
っていつも心配していたお義母《かあ》さん
彼女が来るとほっとして
元気が出てくるようだった
そして、そんなばかな心配ばかりして
息子夫婦に怒られていたお義母《かあ》さん
でも、無断でお手伝いさんが来なかった時のお義母《かあ》さんの不機嫌さは
相当の物だった

Ⅳ 食卓

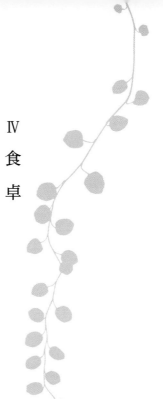

ボンティ

ボンティで野菜を切っている姿を思い出す
「お手伝いさんにしてもらったらいいのに……」
って言っても
「座ってできるし
それにあまりいっぱい仕事させても嫌がるから……」
って自分でしてたよね
今はお手伝いさんがしてくれているよ
嫁はボンティが使えないから……

＊ボンティ＝インドで使う包丁で、台座から包丁の刃が上に突き出したように固定されている。野菜などをこの包丁に押しつけて使用する

ダール

お義母《かあ》さんはダールによって
入れるスパイスを教えてくれた
じゃやが好きなモトールダールには
秘伝のスパイスがおいしいよね
すぐに忘れるじゃやだけど
お義母《かあ》さんに教えてもらったスパイスは
案外覚えているものね
でも、もし忘れてしまったら
じゃやは一体どうしよう
お義母《かあ》さん
嫁がダールのスパイスを忘れてしまわないように
台所で見守っていてね

＊ダール＝豆のスープ
＊モトールダール＝マタールダール（エンドウマメ）

কালো জিরে · সরষে দানা · রাঁধুনী · মৌরি · মেথি · পাঁচফোড়ন · সাদা জিরে
লাল মরিচ
হলুদ

グリーンピース

冬はさやに入ったグリーンピースがおいしいコルカタ
この時期は
コライシュティールコチュリをお義母《かあ》さんと一緒に作った
さやからグリーンピースを取り出す作業は簡単だけど時間がかかる
お義母《かあ》さんは静かに
この作業をしてくれた
そして、グリーンピースをペーストにして
スパイスを入れて具を作る
嫁はその具を、こねた小麦粉の生地の中に入れる
そしてそれを薄くまあるくのばしてくれるのはお義母《かあ》さん
それを揚げるのは嫁
二人でしないとできないおやつ
「私がいなくなったら
どれだけ家の仕事をしていたか分かるよ」
ってお義母《かあ》さんはよく言っていた

＊コライシュティールコチュリ＝練ったグリーンピースが入った揚げパンのようなお菓子

今年の冬は
あまりグリーンピースを食べなかった
コライシュティールコチュリは一度も作っていない
目立たなくて、評価されなかったお義母《かあ》さんの家事が
どれほどありがたかったのか
グリーンピースを取り出しながら
嫁はいっぱい感じてる

チリパニール

お義母《かあ》さんのお料理で好きだったのは〝チリパニール〟
「もっとおいしいものを作れてたのに……」
って言っていた
でも、火の近くにいるのがつらくなったお義母《かあ》さん
最後に食べたお料理を覚えておけばよかった
嫁の料理は、ちょっとこわごわ食べていた
「健康的だけど味がない」
なんて言ってたね
今はもっと簡素になって
お義母《かあ》さんは、お空で嘆き悲しんでいるかもしれない

＊チリパニール＝チリソースとパニール（インドのチーズ）を使った料理

マンゴー

夏になると、暑くて食欲がなくなる
「この季節には、マンゴーさえ食べていればいいのよ」
って言ってたね
「マンゴーだけは、私も遠慮せずに食べるわよ」
って食べていた
他の物は私たちのために残してくれていたけれど……

秘伝の夏食

お義母《かあ》さんに教わった簡単食
それはチャトーバート
夏、冷蔵庫で冷やしたご飯に
チャトーとチリと塩とレモンを冷水で混ぜて食べる
かなりおいしいお義母《かあ》さん秘伝の夏食です

＊チャトーバート＝チャトー（きな粉のようなもの）にご飯を混ぜた食べ物

ヤモリ

お義母《かあ》さんは朝起きて
台所に出っぱなしの食器を
「ヤモリなんかが糞《ふん》をして
ばい菌なんかがついてたらだめだから……」
って忙しそうに洗ってた
「そんなに朝からしなくていいのに……」
って思ってたけど
お義母《かあ》さんがいなくなって
嫁は全く同じことをしているのです

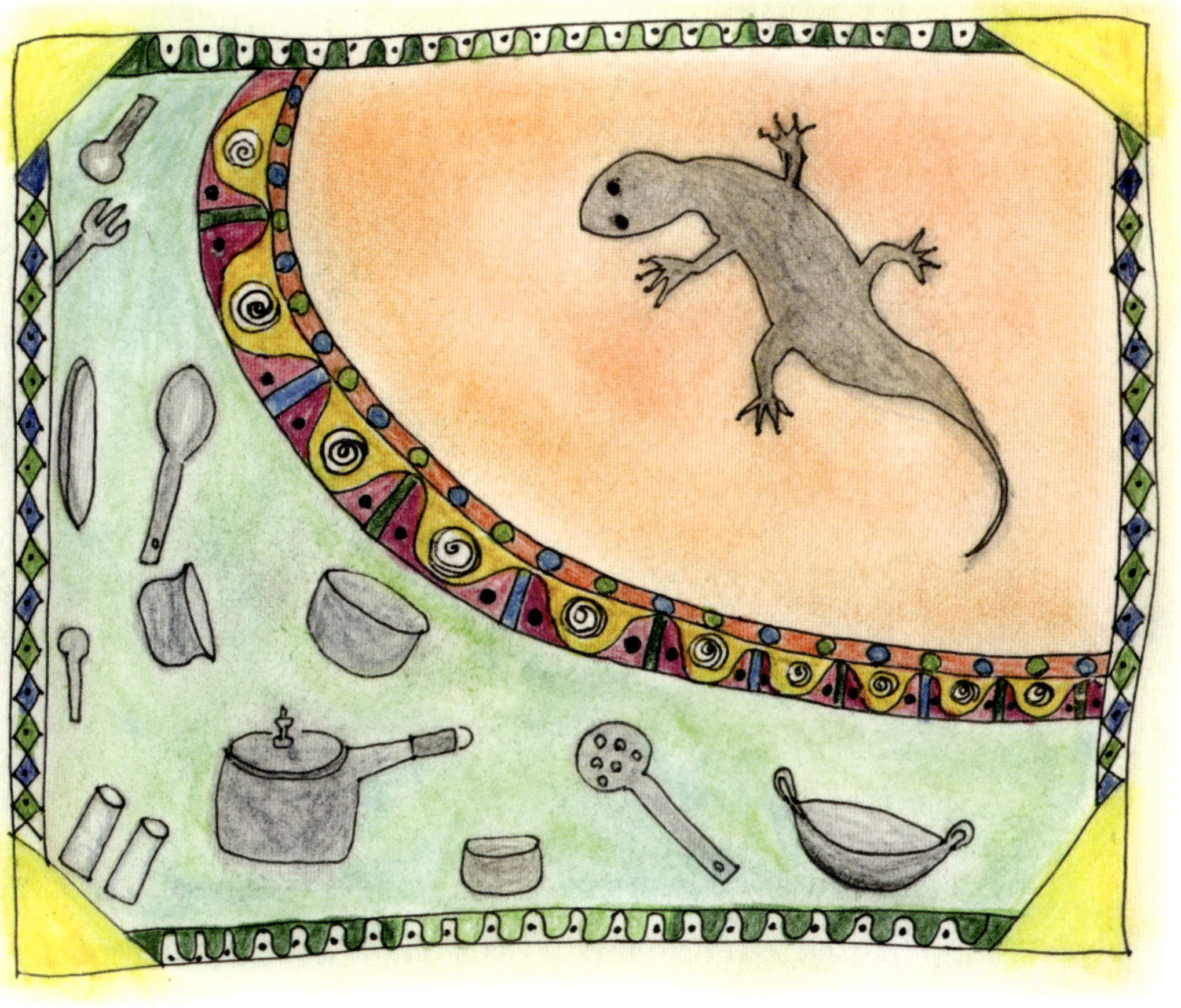

梅酒と梅干

梅酒、梅干が大好きだったね
お義母《かあ》さん
「夜、梅酒を飲むと寝られるから……」
って喜んでいた
「どうしてもっと早くに、梅酒を持って来てくれなかったの？」
って、文句まで言っていた
病院で何も食べられなかった時も
梅干だけはおいしいって食べていたね
「梅干を食べてる時は邪魔しないで！」
なんてふざけていた

梅干を見ると、もっと食べてほしかったといつも思う

日本食

「日本のお土産、食べてみる？」
って聞くと
ちょっとこわごわだったけど
一度は挑戦してくれた
サラダせんべいなんか気に入ってくれたね
チキンラーメンもおいしそうに食べてくれた
でもいつも
「あんた達が食べなさい、私はいいから……」
って遠慮していたお義母《かあ》さん

じゃやが好きなおせんべい
独り占めはできるけど
お義母《かあ》さんと食べたほうが、やっぱりおいしかったよ

田舎のお土産

田舎から親戚が持って来てくれる様々な品物
お豆に
ターメリックに
ボリに
甘いお菓子
「田舎からの物は、混ざりものがなくていい物だ」
ってお義母《かあ》さんは喜んでいたね
でも、お豆には小石がいっぱい入っていたんだよ
今はもう、田舎からそんなものが届くことはない

＊ボリ＝豆を粉にして固めたもの

アチャール

アチャールはあまり好きじゃないから
お義母《かあ》さんから
自家製のアチャールの作り方は習わなかった
「消化にいいよ」
って言っていたレブアチャールくらい
習っておけばよかったかな

＊アチャール＝インドのピクルス
＊レブアチャール＝ライムのピクルス

ヨーグルト

「じゃやが自家製ヨーグルトをうまく作れるようになったから
私は安心して息子を任せてあっちに逝《い》けるわ」
って言っていた
おいしいものをいっぱい息子に食べさせるように
じゃやに頼んでいたよね

ヨーグルトはちゃんと作っているからね
でも食事は質素になりました
ごめんね

V

話し好きなお義母《かあ》さん

話し好きなお義母《かあ》さん

夕方
お買い物から帰ってくると
ドアを開けた瞬間から機関銃のように話し出したお義母《かあ》さん
いつものことなので
じゃやは真剣に聞いていなかったよね

今
あのたわいないお義母《かあ》さんのおしゃべりがお家でこだましていたら
じゃやは耳を澄《す》まして聞くからね

近所の人気者

近所の人には人気者だったお義母《かあ》さん
夕方、外に出かけるのを楽しみにしていた
お友だちのヘナさん
近所の八百屋さん
タバコ屋さん
薬局
よろずやさん
あちこちでおしゃべりして帰ってくる
これがお義母《かあ》さんのストレス解消法

八百屋さん

家の前まで来てくれる八百屋さん
ドアをあけて
「何もいらないわよ！」
って最初に言う
それから
「ちょっと
何があるの
見せなさい！」
と交渉をはじめるお義母《かあ》さん

嫁のお友だち

嫁のお友だちが来ても部屋から出てきて
おしゃべりしていたお義母《かあ》さん
本当におしゃべりだったお義母《かあ》さん

この家はお義母《かあ》さんが逝《い》ってから
言葉を失ったみたいです

もう聞けない昔話

何度も
何度も
同じ昔話をするので
「もう聞いた！」
って言うと
「いいやん、聞いてくれたって……」
と言ってだまってしまったお義母《かあ》さん

もう一度だけでも、楽しそうに身を乗り出して聞いてあげたい

さあ、息しよう

一つ一つの行動を言葉にしていたお義母《かあ》さん
息子夫婦はからかって
「さあ、息しよう
さあ、歩こう」
なんて言ったよね
機嫌を損ねたお義母《かあ》さん
しばらく静かにしてたけど
また、べらべら話し出しました

口癖

「マータラ　ブラッマモイマー」
これがお義母《かあ》さんの口癖
日本語で言うところの
「よっこいしょ」
でもこれは、女神さまの御名です

お義母《かあ》さんとじゃやの父

テレビ電話でじゃやの父と話すのが好きだったお義母《かあ》さん
言葉は通じなかったけど手を合わせて
ナマスカールを何度もしていた
「お元気ですか？」
は日本語で言ってたね
父もにこにこして
「お元気ですか？」
って聞いていた
ある日、父の体調が悪くて
お義母《かあ》さんもだんだん弱ってきている時に
お義母《かあ》さんが尋ねた
「一緒に、あっちに逝《い》きましょか？」
「いや、いや
わしはもう少し
まだこっちにいますさかい

先に逝《い》っておくれやす」
それを聞いてお義母《かあ》さんは大笑いしていた
父はじゃやによく言っていた
「お前のお母さんはもういいひんのやし
代わりにお義母《かあ》さんのこと
ちゃんと面倒見たげや」
そのことをお義母《かあ》さんに伝えたら
「お父さんみたいないい人はいない」
ってすごく褒《ほ》めていた

＊ナマスカール＝相手への敬意を込めて合掌して行うインド式のあいさつ

Ⅵ

お義《か》母《あ》さんと嫁

エスカレーター

エスカレーターが怖くて乗れないお義母《かあ》さんを
日本に連れて行ったときは大変だった
一歩も踏み出せなくて
エスカレーターの前でずっと待っていた
足が悪くて階段はだめ
エレベーターは見つからない
混雑している東京の駅で
じゃやは途方に暮れた
一緒に足を踏み出そうと何度もやってみたけれど
結局、じゃやだけが上がって行ってしまった
仕方なく、下に残されたお義母《かあ》さんを連れにまた下りていく
すると、親切な男性がお義母《かあ》さんをひょいと抱えて
エスカレーターに乗せてくれた
お義母《かあ》さんはその男性に支えられながら
下りていく嫁のほうを見て、自慢そうに笑っていた！

日本語

ずっと前にお義母《かあ》さんは
「日本語を教えて……」
ってじゃやにせがんでいた
でもじゃやは、なんだかめんどくさくて教えなかった

息子に習った少しの日本語が書いてあるノート
今もあるけど
じゃやは開けられない
涙で何も見えなくなるから……

祈りの歌

月曜日のシヴァの日に
いつもお義母《かあ》さんが歌っていた祈りの歌
じゃやはすごく好きだった
お義母《かあ》さんが退院してきた時のある月曜日
窓際でもう一度
あのシヴァ神への祈りの歌を歌ってくれた
「もう礼拝《プージャ》には座れないけれど
あの歌、好きだったでしょう？」
って、わざわざじゃやを呼んで聞かせてくれた歌
プラナーミ　シヴァン　シヴァン　カルパタル
（願望成就のシヴァ神を礼拝します）

＊月曜日はシヴァ神の日とインドでは言われている

ওঁ নমঃ শিবায় ওঁ

お義母《かあ》さんの逃走

「よくこんな絵が描けるね」
って驚いていたね
じゃやが
「誰にでも描けるよ
お義母《かあ》さんも描いてみたら?」
って言うと
さっさと逃げて行った

お義母《かあ》さんのお部屋

「私がいなくなったら
この部屋で絵を描いたらいいよ」
って言ってくれたね
でも、お義母《かあ》さんがいなくなっても
あのお部屋はそのままです

手土産

お義母《かあ》さんは、じゃやが夕方出かけるのを楽しみにしていた
家にいると
「何~や、今日はでかけへんの?」
って残念そうに聞いてきた
その理由はね
じゃやがお義母《かあ》さんのために
何か手土産を持って帰ってきたから
息子はそんなに気が利かないから

毎日の献立

お義母《かあ》さんが逝《い》ってしまってから
何が大変かっていうと
毎日の献立を考えること
種類の少ない野菜の中から何を買おうか？
結局、同じ野菜を買って
同じ料理ばかりになってしまう我が家の食卓
八百屋さんに行くとため息が出る
お義母《かあ》さんは毎日、食事のことをよく心配していた
そして
「そんなこと、心配することなの？
なんでもいいよ」
って嫁は言ってたけど
今になってお義母《かあ》さんの心配事が大きなことだったのがよくわかる
透明になったお義母《かあ》さんはきっと
嫁を見て、にやりと笑っていることでしょう

ビューティーパーラー

嫁はお義母《かあ》さんに
髪を切ってもらっていた
ベランダに新聞紙を敷いて
まっすぐ切ってくれていた
「もう、まっすぐに切るのが大変だから
ビューティーパーラーに行って切ってもらいなさいよ!」
って言いながら
いやいや切ってくれていた
ありがとう

*ビューティーパーラー=お義母《かあ》さんは美容院のことをこう言っていた

布団カバー

お義母《かあ》さんは一人で何でもしてたけど
布団カバーを付けることだけは苦手だった
その時にはすまなさそうに
嫁を呼んでいたね
カバーを簡単そうに付けてあげると
「すごい、すごい」
と言って褒《ほ》めてくれた

サルワカミーズ

嫁があまりにもよれよれの格好をしていたので
お義母《かあ》さんが買ってきてくれた水色のサルワカミーズ（インドの服）
よく着ていたけれど
もう好みが変わって着なくなったサルワカミーズ
今でもタンスの中に置いてある

サリー

嫁が正装してどこかに出かけなければいけない時
お義母《かあ》さんがサリーを決めてくれた
お義母《かあ》さんのサリーを着ることもよくあった
でも、サリーの着付けはあまり得意じゃなかった
嫁がお義母《かあ》さんのサリーを
ちゃんと直してあげることもあったくらいだから……

ロッキプジャ

毎年、ロッキプジャはお義母《かあ》さんがしてくれた
キチュリを作り
ロッキパチャリを詠《よ》んで
嫁と二人で断食をした
お義母《かあ》さんの足にアルタも塗ってあげたよね
お義父《とう》さんがあちらに逝《い》ってしまったあと
「もうアルタは塗れないね」
って悲しそうに言っていた

あのロッキパチャリを録音しておけばよかった
あのお義母《かあ》さんの秘伝のキチュリを習っておけばよかった
もう家でロッキプジャは行われない

＊ロッキプジャ＝毎年十月ごろに行われる富と吉兆のラクシュミー女神のお祭り。ベンガル語でラクシュミー女神のことをロッキと言う
＊キチュリ＝ダール豆とご飯を一緒に炊《た》いた雑炊のような食べ物
＊ロッキパチャリ＝ラクシュミー女神の物語
＊アルタ＝足を赤い液体で塗ることが昔からのインド女性の美だった。未亡人になるとアルタはつけてはいけない

心臓発作

二〇〇七年
お義母《かあ》さんの心臓発作
その日、その時刻に
じゃやはお寺でお祈りをしていた
なんだか早くお家に帰らないといけないない気がして
いつもより早くお寺を出た
家に着くと、お義母《かあ》さんが口から泡を出してぜーぜーしていた
そんな時に停電にもなってしまって
すべては暗闇に向かっているようだった
タクシーを呼んで
あるだけのお金を持って病院に向かった
もう少し遅かったら、お義母《かあ》さんはだめだったらしい
だから、お義母《かあ》さんはいつも
「嫁があの時帰ってきてくれたから助かった」
と言っていた

その時、主人はいなかった
「あの子がいたら
気が動転するばかりで
何もわからなかったから
いなくてよかったわ」
と言っていたお義母《かあ》さん
あの時、お寺から帰ってきてあんなに短時間で
お義母《かあ》さんをよく病院に連れていけたな～
と今でも不思議
本当に神さまのお陰

ショッピングモール

近所に大きなショッピングモールができた
夏はエアコンがきいて涼しいから
一緒に行こうと何度も誘ったのに
行きたがらなかった
ある日、決心して行ってみたら
「どうしてもっと早く来なかったのかなあ～」
って自分でも不思議がっていた。そして
「まるで、外国に来たみたい！」
って驚いていたね
スーパーでショッピングカートを押しながら
きょろきょろしながら、いらないものまで買っていたね
「せっかくなんだし、買わなくっちゃね」
と言いながら……
フードコートではフルーツジュースやピザなどを買った
「こんなところに来たんだから

何か食べていかなくっちゃね」
と言いながら……
でも値段を聞いて、高くてびっくりしていたね
「手を引いてでも
こんなところに連れて来てくれるのは
あんたと弟の嫁くらいだわ」
ってすごく喜んでくれた

もう一度
ショッピングモールに一緒に行って
お買い物をしてみたい
もう一度
あの子供のように嬉しそうなお義母《かあ》さんの笑顔を
見てみたい

テレビ番組

お義母《かあ》さんと嫁が一緒に観《み》ていたテレビ番組
ラーマーヤナ、マハーバーラタ、マハーデーヴァ神話
神さまの物語シリーズは本当に面白かったよね
時々テレビの取り合いになることもあった
嫁がロード・オブ・ザ・リングを観《み》ていると
「こんな気持ち悪い怪物を見て、何がいいの?」
と言ってくるし
嫁はまたお義母《かあ》さんに
「こんなあり得ないメロドラマ観《み》て、何が楽しいの?」
って言い返す

今テレビは、ほとんど静かに寝ているばかりです

＊ラーマーヤナ、マハーバーラタ＝インドの二大叙事詩
＊マハーデーヴァ＝シヴァ神

お気に入りの歌手

歌番組を見るのが好きだったお義母《かあ》さん
昔は歌で賞を取るくらい上手だったのに
病気になって声がだめになってしまった
時々、じゃややも好きな歌手が出てくると
「じゃや～
じゃや～
あの子が歌うよ～」
って呼んでくれた
そして、二人ですごく感動した

四十肩

四十肩になった時
お義母《かあ》さんが肩の体操を教えてくれた
「私はね、お医者さんにこれを習ったのよ」
と言って、やり方を見せてくれたよね
あれは本当によく効いたよ
ありがとう

煎じ薬

主人の喘息《ぜんそく》がひどくなると
薬草やスパイスなんかを煎《せん》じて
飲み薬を作ってくれたお義母《かあ》さん
あれは風邪にもよく効くね
教わっていてよかった

マントラ

じゃやが何かの発表会なんかに出かけるときや
旅行に行くときは
いつも無事と成功を願って
マントラを唱《とな》えてくれていたお義母《かあ》さん
「絶対うまくいくよ」
と言って勇気づけてくれていたお義母《かあ》さん
じゃやも
ちゃんとお義母《かあ》さんの御足に
プロナームをして出かけました

＊プロナーム＝敬意を込めて足の甲に手をふれて行うインド式のあいさつ

Ⅶ

お義母《かあ》さんと息子と嫁

おこづかい

嫁はお給料をもらうと
お義母《かあ》さんにいつもおこづかいと生活費を渡していた
保険も自分の預金も何もなかったお義母《かあ》さん
いくらかでも手元にお金を置くと
安心したように喜んでいた
でも息子は
無駄づかいをしないように
お義母《かあ》さんの手元にお金を置きたくなかった
「僕のところからもらって
いつでもあげるよ
ここに置いても、マー（母《かあ》さん）の手元に置いても一緒だから……」
って息子は言った
お義母《かあ》さんはそれを聞くといつも
「ケチ息子！」
って呼んで怒っていた

「普通は嫁に隠れて
息子がお金をくれるものだけど
うちはまるっきり反対
近所の人にもそう言ってるの」
って言っていた

今はお給料をもらっても
あんなに喜んでくれる人はいない

ベランダで待っていたお義母《かあ》さん

帰りが遅いとベランダで
心配しながら待っていてくれたお義母《かあ》さん
「連絡してくれたらいいのに……」
って言ってたけど
そんなに心配するなんて思いもしなかった
息子も、嫁も、もう大きいんだよ
そんなに心配しないでいいんだよ
神さまの国でのんびり過ごしてね

早起き

お家で一番早起きだったお義母《かあ》さん
起きるとすぐに
私たちの部屋をのぞいてからお手洗いに行っていた
この家で
お部屋のドアが閉められることはなかった

子ども

息子夫婦に子どもができないで
お義母《かあ》さんはほっとしていた
「じゃや
子どもができてたら
この子（息子）より大変な子になってただろうから
いなくて本当によかったね
二人で仲良く過ごしなさいよ」
孫がいなくて寂しいなんて
一度も言わなかったお義母《かあ》さん
お義母《かあ》さんにとって子育ては
かなり辛《つら》いことだったんだな〜

息子

頼るのは嫁
心配なのは息子
お義母《かあ》さんは息子に甘すぎたよね
「どうしてこんな息子にしたの！」
と文句を言う嫁
「あんたには分からへん
この子がどんな環境で育ったか！」
かばうお義母《かあ》さん
息子は、お義母《かあ》さんのすべてだった

家庭内戦争

息子がお義母《かあ》さんに怒って厳しい言い方をすると
「あの子は嫁いだ家の子やから
私にあんな言い方するのよ
父親とはそんなに過ごしていなかったのに
どうしてあんなに似たんやろ？」
って言ってたよね
それで嫁がお義母《かあ》さんの肩を持つと
今度はお義母《かあ》さんが息子をかばうような言い方をするものだから
嫁も怒って、家庭内三人戦争勃発
大変な時期もいっぱいあったね

晩ご飯

お義母《かあ》さん
お義母《かあ》さんが逝《い》ってから
息子の遅い遅い晩ご飯の量を
少しずつ減らしています
「真夜中に、ご飯山盛り食べさせなくてもいい！」
って言うのに、いっぱいご飯をよそっていたよね
今、お義母《かあ》さんが息子の晩ご飯を見たら
きっとかわいそうに思うでしょう
でもそれはね
本当は息子のためにいいことなの
どうぞわかってくださいね

よく眠れた？

朝起きて
「よく眠れた？」
ってたずねると
「ほとんど寝られなかったのよ～」
ってすごくおおげさに話していたね
よく眠れた日には何も言わなかったから
「寝ると面目丸つぶれになるね～」
なんて私たち夫婦にからかわれていたお義母《かあ》さん

ビニール袋

「ビニール袋はゴミになるだけ！」
私たち夫婦はそう言って、使わないようにしていた
だけどお義母《かあ》さんは買い物するたびに
ビニール袋で持って帰って来たのだった
そして、見つからないようにカバンの中に
ぐちゃぐちゃにして隠していた
でも結局
息子に見つかって怒られていた

化粧水

ローズウォーターの化粧水があまり気に入らなかったから
お義母《かあ》さんに
「これ、使う?」
って聞いたら
「いらないからくれるんでしょ!」
って言っていた
そして息子は
お義母《かあ》さんがちゃんとそれを使っているかいつも確かめていて
お義母《かあ》さんはむっとしていた!

おばけ夫婦

息子も嫁も
服装のことにはあまりかまわなかったから
おしゃれだったお義母《かあ》さんは嫌そうな顔をして
二人を
「おばけ!」
「雌《メス》おばけ!」
と呼んでいた

神さまのお陰

二〇〇九年のある日
息子は朝
「行ってきま～す」
と仕事に出かけた
そして帰って来た時には仕事を辞めていた
二人に
「何も驚くな」
と言った息子に
お義母《かあ》さんは何も言わなかった
嫁も、別に何も言わなかった
それでも三人
ありがたく暮らせていけたのは
本当に、本当に、神さまのお陰だけ
そう感じられるのが
インドのいいところだな～

おはよう

インドでは
朝起きて挨拶《あいさつ》しない習慣だから
朝、顔を合わせても
別に言葉を交わすこともない
だから、お義母《かあ》さんに
あらためて気持ちを表現することは難しかったのかもしれない
朝、挨拶《あいさつ》することは
家族どうしでも
大切なことなんだな〜

Ⅷ

ありがとう　お義母《かあ》さん

巡礼

秋のお祭りの時期になると家族で巡礼に出かけた
ケララ州に、カルナタカ州
マディヤ・プラデーシュ州
タミル・ナードゥ州も行ったよね
息子があまり乗り気じゃないから
お義母《かあ》さんが後押ししてくれた
久しぶりの遠出
ずいぶん前から準備にかかって
カバンを出して
サリーを選んで
楽しそうだったお義母《かあ》さん
混雑していたマンガロール駅では
嫁の服をしっかりつかんで歩いていたね
たまには家事のことなんか全部忘れて
お義母《かあ》さんにゆっくりしてほしかった

飛行機に乗ると
いつも何か食べたがったお義母《かあ》さん
窓際に座って
外を眺めるのが楽しそうだった
息子も窓際に座りたがったから
二人で席を交換して
いつもじゃやが真ん中に挟まれた
エアポートで歩くのが大変だから車いすを頼んだら
はじめは嫌がっていたくせに
やっぱり楽だったみたいですごく喜んでいた
そして遠くで息子夫婦に手なんかふって笑っていたね

一人だけの巡礼

二〇一五年の六月頃
今年はどこに行こうかって決めようとしたとき
お義母《かあ》さんは
「今年はまだ決めないで
もしかしたら行けないかもしれない」
と言った
そして、その年の秋のお祭り
お義母《かあ》さんは何も持たずに
一人で神さまの国へ逝《い》ってしまった
息子夫婦は
寂しさだけのお家に残された

天国からの祈り

礼拝《プージャ》がまだできる頃
息子夫婦が平安《シャンティ》でいられるように
祈ってくれていたお義母《かあ》さん
今もきっと神さまの国で
祈ってくれているのだと感じる
それはね
お義母《かあ》さんがあちらに逝《い》ってから
きれいな上水が配水されるようになったから……
水不足で何年も苦労したよね
大きなバケツに水をためるのがわが家での日課だった
それだから
天国に逝《い》ったらすぐ
水の神さまにお願いしてくれたに違いない
息子夫婦がもう水に困らないように……

ありがとう　お義母《かあ》さん

お義母《かあ》さんが逝《い》ってからも
時は地球をくるくるまわすよ
じゃやが逝《い》っても
誰が去っても
地球は回り続けるよ

そのくるくるまわる地球劇場で
お義母《かあ》さんと十七年も一緒に舞台で共演できたこと
時のしずくを分かち合えたこと
とってもとっても嬉しかった
本当にいろいろありがとう

きっと宇宙のどこかで時のしずくが
また私たちを一緒に包み込んでくれるのでしょう

お義母《かあ》さんの足跡

——お義母《かあ》さんが遺《のこ》した日記より

私たち夫婦は十年ほど前、お義母《かあ》さんに思い出話を書いてくれるように頼んでいた。けれど生前に、お義母《かあ》さんのその日記に目を通すことはなかった。お義母《かあ》さんが亡くなって初めてその日記を見ることになり、お義母《かあ》さん自身がどのように感じていたか垣間見ることができた。よくそんな話はしていたけれど、私たちは、どれほど大変な人生だったのか理解していなかったと思う。

女性が仕事をして自分の主張ができる今では、きっとお義母《かあ》さんが通った道の大変さは理解できないと思う。

嫁は外国人で、インドのそんなしきたりなんか分からなくても許してもらえたし、なにしろこの大家族に入れてもらえなかったのだから、別にはじめから親戚関係がなかったも同然だった。

お義母《かあ》さんはインドの伝統的な家に嫁いだ女性で、受け入れた嫁は育ちも習慣も何もかも違う日本人。そのはざまで、お義母《かあ》さんはさぞやりにくかっただろうと思う。日記からも、やはり楽しい思い出がいっぱいだったとは思えない。けれどそれでも、神さまにすがり、神さまを頼って生きてこられた精神的な力強さを感じる。

この日記は、困難の多い生活の中でも神さまにすがって生きていった、ひとりのインド人女性の足跡です。

シュリー・シュリー・ドゥルガー女神さまの蓮華の御足に捧《ささ》げます

私の人生について、そんなに多くを語るほどのことは何もなかった。けれど、普通の主婦と違っていたということは言える。

私の父は医者で、男兄弟は3人、女姉妹が4人だった。母はとても才能のある人だった。字がとてもきれいで、手紙を書くときもとても芸術的な書き方をしていた。また絵や刺繍にも長《た》けていて、料理もとても上手だった。父の実家はとても裕福な地主だった。

私は1938年11月3日木曜日、ベンガル州のムールシダバード地区でライチョードリー家の長女として生まれた。その時は、母の実家で夕方、ラクシュミー・プージャが行われている最中だった。普通、プージャ（礼拝）が行われている時に生まれるというのは、とても吉兆が良いと言われている。父がモンジュシュリーと名付けてくれた。

私の両親は別の村で暮らしていて、私は母方の実家で育てられた。母方の実家では私のことをとてもかわいがってくれ、様々な愛称で呼ばれた。母方の曾《ひい》お祖父《じい》さんは大学の学長で、その地域ではとても尊敬されていた。また、お祖父《じい》さんもとても重要な仕事をしていて、当時、英国の植民地だったインドの田舎の家庭では珍しかった夕イプライターが家にはあった。お祖父《じい》さんはとても敬虔《けいけん》なバラモン（最高位のカースト）で、毎日ガンジス河で沐浴《もくよく》し、ガンジス河の泥でシヴァ神を創り、またそれを河にお捧《ささ》げして（流して）いた。お祖父《じい》さんはとても歌が上手《うま》かった。

母が長女で、あと弟が二人いた。お祖父《じい》さんはとても伝統的《オーソドックス》な人で、反対にお祖母《ばあ》さんはとても現代的《モダン》な人だったから、二人の意見にはよく食い違いがあった。お祖母《ばあ》さんは貧しい人たちに薬を買い与えたりもしていた。

　母方の家に住んでいた兄と私は、毎日、夕方108回、ジェイ・ジェイ・ドゥルガー、シュリー・シュリー・ドゥルガー、ジェイ・ジェイ・カーリー、シュリー・シュリー・カーリー（女神さまの御名）と唱《とな》えなければいけなかった。私が7、8歳の頃からシヴァ・ラートリー（シヴァ神のお祭り）の日には、一日中断食をして礼拝《プージャ》をしなければいけなかった。

　また、お祖父《じい》さんの礼拝《プージャ》の時には、必要なお手伝いもしていた。ガンジス河の泥でシヴァ・リンガ（シヴァ神の象徴）を創っていたこともあった。

　お祖母《ばあ》さんは現代的《モダン》だったために、私が英語教育を受けられるようにと、お祖父《じい》さんに隠れてイングリッシュ・ミッション・スクールに私を入学させてくれた。ところがお祖父《じい》さんにばれてしまい、そこをやめさせられて、当時有名だったヒンドゥー教のモハー・カーリー・パッシャラという学校に入れられた。その学校の特長は、ヒンドゥー教の祭事（礼拝《プージャ》や称名《ジャパ》など）も教えてくれることだった。

　その頃の私は、夕方になるとガンジス河のほとりで遊んだものだった。ガンジス河の泥でお家を作っては壊したりしていた。

　このように、お祖父《じい》さんの厳しいしつけとお祖母《ばあ》さんの深い愛情で成長していった。母の弟である叔父《おじ》は違う州で働いていた。その叔父《おじ》は、ドゥルガー・プージャの時になると新しい服を買ってきてくれたので、それは嬉しかったのを覚えている。本当に小さなことでも、すごく喜びを感じていたものだった。そして、ドゥルガー・プージャが行われている街中のいろんなところを、靴ズレができるほど歩き回った。そのお祭りの時に、みんなに振る舞う甘いおやつを作るのがお祖母《ばあ》さん。見られない内につまみ食いをするのが私。お祖母《ばあ》さんはまた、アチャール（インドのピクルス）を作るのも上手で、私はそれをだまって取ってきて、友だちと夕方、ガンジス河のほとりで食べたりしていた。

　インドが独立する直前は緊張が高まっていたので、お祖父《じい》さんたちは、女、子供を守るために、一晩中パトロールをしていた。ムールシダバードは3日間、パキスタン領になってしまった。明かりを点《つ》けてはいけないし、私たちはベッドの下に潜《もぐ》り込んでいなければならなかった。市場《バザール》には何もなかったので、食事はとても質素なものだった。

　私が小学校3年生の時、父が迎えに来て、私は両親が住んでいる村に行くことになった。でも心は、母方の実家に残してきたようだった。

　父は政府の病院で働きながら、家でも診療所を開いていた。母は家事すべてを任されていたので、私も母を手伝った。早朝に、母はガンジス河に沐浴《もくよく》に行ったので、私もそれについて行った。母からも私は、様々な神さまの称名《ジャパ》を習った。

　私は小さな時からラクシュミー・プージャを続けていて、そのプージャ（礼拝）に使うお花などを摘《つ》むのが好きだった。ある時、お花を摘《つ》んでいる間に迷子になってしまったが、父の知り合いが私を見つけて送り届けてくれたこともあった。

私は兄弟姉妹が好きで、よく面倒を見ていた。誰かが何かおいしいものをくれたら、それを持って帰ってきて、彼らにあげていたものだ。私はお買い物も好きで、当時は2ルピーで魚や野菜が買えた。残ったおつりを母に渡すと、その小銭はラクシュミーの壺（貯金箱のような物）に貯《た》められた。また少しの小銭を手元に残し、それを物乞《ものご》いや家のお手伝いさんにあげたりしていた。彼らはそれは喜んで、私のことを女神さまと呼んでくれたので嬉しかった。

その頃から歌と踊りには熱心だった。母が歌と踊り、二人の師匠をつけてくれたので一生懸命に習った。地域の大会で、カタックダンスとフォークダンス、そしてトゥングリとケヤル（共にインドクラシック）の歌で優勝したこともあった。歌のお師匠様は、私が踊りも習っていることが気に入らなかった。踊りばかりしていると声に支障が出てくると言って、踊りをやめるように言うので、私はその歌のお師匠様を離れて違うお師匠様についた。その方からは、ラビンドラ・サンギート（ラビンドラ・タゴールの歌）を習った。

勉強はあまり好きではなかったけれど、テストでそんなに悪い点は取らなかったし、また歌や踊りができたので、学校の先生は私をかわいがってくれた。両親から厳しく叱られたことはなく、自由にさせてくれた。

若い時から、私に結婚を申し込んでくる家族が多くいた。私がまだ学生の時、父と一緒に汽車で叔父《おじ》の家に行く途中、その鉄道会社の重役の一人が私を見初《みそ》めて、息子の嫁にぜひなってほしいと父に申し出た。その家族が私を見に来て、みんな気に入ったようだった。息子はエンジニアで、彼の写真も置いていき、私の写真も撮って行った。その人はよく家に来るようになって、私はその人を見るとどこかに逃げていた。父も理解してくれて、まだ娘は結婚する気がないので……、と断ってくれた。その人は最後に涙を流して帰って行ったので、それを見て私もすまなく感じた。その後、結婚生活で私が幸せを見つけられなかったのは、あの人の流した涙が呪いになったのではないかと感じた。

当時は普通、家族同士で結婚が決められるものだったが、私の場合は恋愛結婚だった。

１９５６年、17歳の時に、その村の学校の教師であった夫と結婚した。

ベンガル州分離後、ディナジプールから移ってきたその家族も私のことが気に入っていた。私の担任の先生が夫の妹だったので、彼女も私のことを特にかわいがってくれて、同級生からは羨《うらや》ましがられた。

10級生（高校1年生）の時に、その家族が結婚の申し込みをするために父に会いに来た。でも父は、私がまだ若いので結婚はまだ先だと申し込みを断ったが、その家族がどうしてもというのと、また母方のお祖父《じい》さんが、夫になるその青年をとても気に入って、とても素晴らしい家系だからと父を説得した。

嫁いだ家族、このバタチャールジョ家は、クリシュナ神の化身と言われている聖《シュリー》チャイタニヤ（１４８５〜１５３３）の内輪の仲間の一人、ガダダール・パンデイット（サンスクリット語の学者）の家系で、彼はシュリーマッド・バーガヴァタム（クリシュナ神の物語）を聖《シュリー》チャイタニヤに読み聞かせていた聖人の一人だった。

結婚後に分かったことだが、この家族はとても保守的だったので、歌や踊りを続けることはできなかった。

でも、勉強を続けることには夫も義母もとても協力的だったので、家庭教師を付けてくれた。そして高校も卒業し、そのまま大学へと進み、大学も卒業することができた。また修士も始めたけれど、様々な理由で終わることはできなかった。

義父は、当時とても有名なサンスクリットの学者《パンディット》で、サンスクリット語での議論で最も優れた人に与えられる称号（トールコティット）と、サンスクリット語で最も優れた詩を作る人に与えられる称号（カッポティット）、二つの称号を得ていた。ディナジプールの王家に最高の学者として仕えていて、その王家の広間で、聖典シュリーマッド・バーガヴァタムを教えていた。多くの人たちが彼の講義を聴きに集まったそうだ。

世俗のことすべては義母が仕切っていて、義父はいつも瞑想と称名《ジャパ》、また聖典の勉強だけをしていた。

雨が降って部屋の中に雨が入ってきても、聖典の勉強をしている時はそれを閉めることさえしなかったので、義母がわざわざ窓を閉めに部屋に来なければいけなかった。また食事の時は、一品一品味が違うおかずを味わうために、一つ食べ終わると指を洗って、口をゆすいで、それから次のおかずを食べていたらしい。

息子が病気で死にかけている時にも聖典に夢中で、誰かが、息子がどんなことなってもおかしくない状態だからと呼びに行くと、彼はやっと出て来て、子供の名を三回呼んで頭をなでて、また部屋に帰ってしまったそうだ。けれど、その子は奇跡的にも助かった。

家にはラーダーとクリシュナの神像、ゴパールの神像、聖《シュリー》ドディバモンジの神聖な石《ナラヤンシーラ》が祀《まつ》ってあり、毎日、礼拝《プージャ》、献灯《アーラティ》、称名《ジャパ》、お供え物を捧《ささ》げていた。

この家に嫁いできて二ヵ月後に、私の義父は亡くなってしまった。その日のことはよく覚えている。

義父が一生涯をかけて敬愛していたクリシュナ神の聖誕祭（ジャンマスタミー）の日、今まさにクリシュナ神が来てくださっているというのに、どうしてみんなには見えないのか、と言いながら義父は歓喜の涙を流し、手で献灯（アーラティ）をするような姿でこの世を去っていった。

私が嫁ぐ前から二人の義理の兄は出家し、ラーマクリシュナ僧団に入っていた。また結婚後には、義理の弟と担任だった妹も出家してしまった。

嫁いできて分かったことは、この家族はとても変わった家族だということだ。そして、私が結婚前に過ごしていた生活とは全く違う方向に道は進んでいった。

結婚した後から、私の夫の態度なども変わってきて、私を連れて、高僧であるスワミ・プレメシャーナンダジ・マハラジ（ホーリーマザーの直弟子）がいらっしゃるサールガチにある僧院《アシュラム》に行ったり、また夫だけがそこに長期滞在することもあった。その高僧から、私が結婚前には知らなかった聖《シュリー》ラーマクリシュナについて、多くのことを学んだ。プレメシャーナンダジ・マハラジはとても歌がうまく、自分で作詞作曲をなさっていた。彼の周りに集まった人たちの多くが彼の影響を受けて出家をし、また苦しむ人たちも心の平安を見いだしていた。私のこともすごくかわいがってくださり、その僧院《アシュラム》に行く時には、バガヴァッド・ギーターの聖句を一つ覚えてくるようにおっしゃった。彼は神を悟った僧侶として知られていて、最後は聖地バラナシで息を引き取られた。

そのバラナシで私は、スワミ・ヴィシュッダーナンダジ（ホーリーマザーの直弟子）からマントラをいただく（イニシエーション）という幸運を得た。

この機会を与えてくれたのは夫だった。霊性の師《グルデーヴ》であるスワミ・ヴィシュッダーナンダジからも、私は多くの恩寵を受けた。

夫は三人の聖人を深く崇敬していた。一人は夫の霊性の師《グルデーヴ》、スワミ・ヴィラジャーナンダジ（ホーリーマザーの直弟子）。もう一人は、夫が学生の時に物理の先生だったスワミ・ニルヴェーダナンダジ。そして愛の人、スワミ・プレメシャーナンダジ。この三人の尊い神聖な人生から大いに影響を受け、また夫の生まれ育った環境や教育、神を悟りたいという熱望が結婚生活の絆をも絶ち切って、夫を出家の道へと向かわせた。そして、一人息子を置いて私のもとを去ってしまった。私とはそれ以来、何の連絡も取らなかった。

私は大家族の中に取り残され、義理の弟たちや義母と一緒に肩身の狭い思いをしながら、小さな息子を育てなければならなかった。仕事もさせてもらえなかったので、金銭的にも苦労した。そんな苦労がたたって、私はいろんな病気にかかってしまった。

結婚してからの人生で、楽しかったと思い出せるような出来事があまりない。思い出して楽しいのは、学生時代に友だちとふざけたり遊んだりしたこと。

人生の終わりを振り返って思うのは、歌や踊りなどで輝いて過ごした少女時代とは打って変わって、17歳で結婚してからは苦しいことばかりだった。

神さまは額《ひたい》に人生（運命）を書いて送ると言われていて、私にはそれを書き換える力はないけれど、今はその苦しい辛《つら》い人生も、まるで本のページをめくるような、物語を読んでいるような気になる。

それでも、そのようなあまり幸せとは言えない結婚生活をくださった神さまを忘れずに、いつも神さまにすがって生きてきた。

最後の息を引き取る時まで、私が神さまを忘れずにいられますように祈ります。

じゃや（インドでの愛称）

高校を卒業するとすぐに自分がしたいことは何なのかを探して、日本を飛び出しオーストラリアに渡る。

約１年後、帰国途中に立ち寄った中国でインドの魅力を聞き、帰国後すぐにインド、ネパールに旅立つ。各地を放浪した後イスラエルに渡り、集団農場キブツに住み込んでアボカド農園などで労働に従事しながら、ユダヤ教、キリスト教、バハイ教の聖地を巡礼する。

その後渡航したキプロスではバハイ教についてさらに学び、ギリシャでルドルフ・シュタイナーのことを知り、シュタイナー関連の農場で労働に従事する。ドイツではシュタイナー村での生活を経験し、スイスではシュタイナー養護学校で研修を受ける。

しかし、インドへの思いが強くなり再び渡印し、インド各地のラーマクリシュナ・ミッションに滞在して修行の日々を過ごす。

ビザの関係で３年半後に帰国するが、世界十数ヵ国を旅して学んできたことと日本での環境とのギャップにかなりのショックを受け、そこから立ち直るために四国八十八霊場の歩き遍路に出かけ、１ヵ月半で満行し、やっと落ち着きを取り戻す。

しばらくしてニュージーランドを経て再びインドに渡る。その後カナダ、アメリカに１年ほど滞在し、27歳のとき精神世界に魅せられたインドでさらに本格的に学ぶために再び渡印。そこで出逢った主人と結婚し、以来20年以上コルカタに在住。

インドのお義《か》母《あ》さん（マー）

2016年12月20日　第１版第１刷発行

著　者……………………………………　じゃや

発行者………………………………　稲川博久

発行所………………………………　東方出版㈱

〒543-0062 大阪市天王寺区逢阪2-3-2

Tel.06-6779-9571　Fax.06-6779-9573

装　丁……………………………………　濱崎実幸

印刷所………………………………　シナノ印刷㈱

 ISBN978-4-86249-276-0